roman lime

Dominique et compagnie

Sous la direction de
Agnès Huguet

Nancy Montour

Journal d'un petit héros

Illustrations
Luc Melanson

ÉCOLE SIMON-VANIER
1755 Avenue Dumouchel
Laval, Qc H7S 1J7
(450) 662-7000 Ext. 6840

E+5

**Catalogage avant publication de
Bibliothèque et Archives Canada**

Montour, Nancy
Journal d'un petit héros
(Roman lime ; 1)
Pour enfants de 7 ans et plus.

ISBN 2-89512-485-X
I. Melanson, Luc. II. Titre.

PS8576.O528J68 2006 jC843'.6 C2005-941018-3
PS9576.O528J68 2006

© Les éditions Héritage inc. 2006
Tous droits réservés
Dépôts légaux : 1er trimestre 2006
Bibliothèque nationale du Québec
Bibliothèque nationale du Canada
Bibliothèque nationale de France

ISBN 2-89512-485-X
Imprimé au Canada

10 9 8 7 6 5 4 3 2 1

Direction de la collection et
direction artistique : Agnès Huguet
Conception graphique :
Primeau & Barey
Révision-correction :
Céline Vangheluwe

Dominique et compagnie
300, rue Arran
Saint-Lambert (Québec)
J4R 1K5 Canada
Téléphone : (514) 875-0327
Télécopieur : (450) 672-5448
Courriel :
dominiqueetcie@editionsheritage.com
Site Internet :
www.dominiqueetcompagnie.com

Nous remercions le Conseil des Arts du
Canada de l'aide accordée à notre programme de publication. Nous reconnaissons l'aide financière du gouvernement du
Canada par l'entremise du Programme
d'aide au développement de l'industrie de
l'édition (PADIÉ) pour nos activités d'édition.

Nous reconnaissons l'aide financière du
gouvernement du Québec par l'entremise
du Programme de crédit d'impôt pour l'édition de livres – SODEC – et du Programme
d'aide aux entreprises du livre et de
l'édition spécialisée.

*Pour toi,
parce que tu es
la plus belle
histoire qui soit !*

Chapitre 1

Le journal

Ma mère et mon père ne savent pas comment me dire que je ne suis pas assez bon à l'école. En tout cas, pas aussi bon que ma sœur aînée. Justine est la meilleure de sa classe. Mes parents sont très fiers d'elle. Ils l'ont félicitée en secret pour ne pas me faire de peine, mais j'ai tout entendu. J'étais caché derrière le canapé. Je sais que je les déçois, même s'ils ne le disent pas.

À chaque bulletin, mes parents nous offrent une petite surprise pour nous encourager. Justine a reçu un gros livre sur les dinosaures. Je trouve que c'est une bonne idée. Ma sœur ne parle que de cela depuis quelque temps. Elle partira bientôt en expédition. Je suis certain qu'elle découvrira des os de dinosaure. Justine réussit toujours tout. C'est pour ça que ma mère lui redit chaque jour qu'elle est un vrai trésor d'amour. Moi aussi, avant, j'étais le trésor de ma maman. J'étais le garçon le plus beau, le plus gentil, le plus intelligent. Mais j'ai appris, à l'école, que je suis aussi un garçon trop lent. J'ai toujours été comme ça, sauf qu'avant je ne le savais pas. Avant, cela ne dérangeait personne.

8

Quand j'étais petit, mon père disait que le plus important est de s'amuser et non pas d'être le premier. Maintenant que je suis grand, tout a changé. On dirait que le plus important, c'est que je sois le meilleur et surtout le plus rapide. Le problème, c'est qu'à l'école je suis souvent le dernier à terminer mon travail, à finir de manger ou de m'habiller. Pour être le meilleur, moi, j'ai besoin d'un peu plus de temps. Madame Marjorie, mon enseignante, ne comprend pas cela. Aujourd'hui, lors de la remise du bulletin, elle a dit à mes parents que j'étais toujours dans la lune. Mes parents n'ont rien ajouté. Je ne sais même pas s'ils m'ont regardé… Moi, je fixais le bout de mes souliers. J'avais mal au

9

ventre. Je me sentais tout seul sur une planète oubliée. Une planète recouverte de glaciers. Je frissonnais dans ce silence intergalactique.

Mes parents m'ont offert un gros dinosaure en morceaux. Je l'ai déjà assemblé. Ils m'ont aussi donné ce journal. Je pense que c'est un message… un message que je ne comprends pas. Moi, j'adore dessiner. Je ne sais pas trop ce qu'on écrit dans un journal.

Chapitre 2

Blanchon

Salut Blanchon !

Ça fait drôle de t'écrire car je ne te connais pas.

J'ai décidé de t'appeler Blanchon parce que c'est mignon. J'ai trouvé ton nom dans un livre que j'ai emprunté à la bibliothèque. Un bébé phoque, c'est gentil et c'est blanc comme une feuille de papier. Comme ça, je suis certain que tu ne te moqueras pas de moi.

Il y a une nouvelle exposition dans la grande salle du petit musée, près de chez moi. Une exposition sur les dinosaures. Nous y sommes allés tous les trois : maman, Justine et moi. J'ai adoré ça ! Il y avait un bouton rouge près d'un panneau d'information. Lorsque j'appuyais dessus, le cri du *Parasaurolophus* remplissait la pièce. On aurait dit le son d'une trompette. Je jouais aussi à être une bête féroce cachée dans une forêt touffue. J'ai réussi à faire sursauter Justine au moins quatre fois en me cachant bien. C'est pas mal ! À la fin de la visite, ma mère était fatiguée d'entendre ce cri épouvantable. Moi, ça m'a beaucoup amusé !

À l'école, j'ai choisi de faire une recherche sur les dinosaures et je dois dire que c'est super intéressant. J'apprends beaucoup de choses. Mais le plus étonnant, c'est qu'on ignore encore de quelle couleur

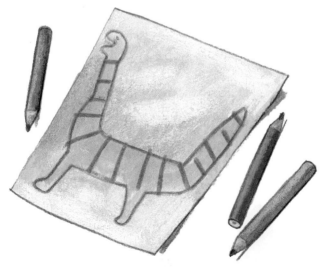

étaient ces créatures. Les gens qui les étudient savent seulement que leur peau ressemblait à celle des lézards. J'ai appris que certains d'entre eux sont les ancêtres des oiseaux. Maintenant, je dessine des dinosaures de toutes les couleurs. En classe, aujourd'hui, j'en ai fait un avec des rayures roses pour ma sœur Justine. Madame Marjorie ne l'a pas du tout aimé. Elle affirme que ce n'est pas très scientifique. Je ne comprends pas pourquoi elle dit cela.

• • •

Salut Blanchon !

Ce matin, à l'école, nous avons lu un texte. Une histoire qui ne raconte pas grand-chose. Juste des mots.

Beaucoup de mots pour s'exercer à lire. Tout à coup, Étienne a dit :

– … Sous le grand sapin…

Quelque chose s'est produit. Quelque chose de surprenant. Je l'ai vu dans ma tête. Un grand sapin vert, comme mes yeux. Et juste en dessous, un drôle de petit dinosaure avec un bec de perroquet me regardait. Une chance qu'il n'était

pas carnivore ! Il mangeait la tige d'une magnifique fleur rose. Un magnolia. Tu sais, Blanchon, ces fleurs existent encore de nos jours… ma mère en cultive dans notre jardin. J'ai découvert, en faisant ma recherche, plein de choses qui existaient au temps des dinosaures et qui vivent encore sur la terre, des milliers d'années plus tard. Comme les fougères, les grenouilles, les tortues… C'est incroyable, tu ne trouves pas ? Oh ! mais je n'ai pas fini de te raconter mon histoire… Tout à coup, le petit dinosaure, un *Psittacosaurus*, s'est dressé sur ses pattes de derrière. Il s'est enfui à toute vitesse. J'allais me lancer à sa poursuite lorsque j'ai entendu madame Marjorie déclarer devant toute la classe :

— Léonard ! Tu es encore dans la lune.

Tout le monde a ri. Je ne sais vraiment pas pourquoi. Je n'étais même pas dans la lune. J'étais sous un sapin. Il me semble que ce n'est pas du tout la même chose.

Tu sais, Blanchon, à toi je peux bien le dire, j'aime les petites pauses-lune. Même si ça me fait de la peine d'entendre les autres rire. J'oublie pendant un moment qu'à l'école, il n'y a rien d'amusant. J'aime voyager dans ma tête. Je peux alors inventer tout ce que je veux. Comme dans mes dessins. Parfois, je suis fatigué d'essayer d'être le meilleur. Même si je travaille très fort, même si je me dépêche tout le temps, je ne suis jamais le héros de madame Marjorie.

• • •

Salut Blanchon !

Monsieur LeDuc, le directeur du petit musée, est à la maison. C'est pour cette raison que je me suis caché avec toi dans la chambre de Justine. Personne ne nous trouvera ici. C'est garanti.

Le samedi matin, il y a des cours de dessin dans l'atelier du petit musée. C'est mon activité préférée.

J'adore cet endroit. La pièce est vaste et bien éclairée. Il y a cette odeur enivrante de papier, de crayon et de peinture. Les murs sont couverts de couleurs et d'images. J'ai souvent l'impression que là-bas, je peux inventer tout ce que je veux. Chaque samedi, monsieur LeDuc vient faire un petit tour dans l'atelier. Il s'arrête

toujours longuement derrière moi pour observer mon travail. Ça me rend nerveux parce que monsieur LeDuc est aussi l'ami de mon père. Pourquoi est-ce qu'il regarde ma feuille comme cela ? Peut-être qu'il n'aime pas mes dessins… Peut-être qu'il m'espionne…

En tout cas, monsieur LeDuc est sûrement venu raconter à mon père que j'ai renversé un plein bocal d'eau sur mon dessin. J'avais presque terminé de le colorier avec les crayons feutres. L'eau a lavé les couleurs. Comme de l'aquarelle. Il y en avait partout, même sur la table. J'ai vite tout nettoyé. À l'atelier, je connais la place de chaque chose. Pendant que je finissais de ranger, j'ai remarqué que tout le monde s'était rassemblé autour de ma feuille de papier trempée. Même moi, j'étais étonné du résultat. Tu entends, Blanchon, mon père m'appelle. Est-ce que tu penses que monsieur LeDuc me trouve trop maladroit ? Je devrais peut-être rester caché ici…

Chapitre 3

Une jolie fleur de pierre

Cher Blanchon,

J'ai tellement mal partout.

Tu te souviens de l'expédition que ma sœur Justine organisait ? Les os de dinosaure... Eh bien ! Imagine-toi donc que ce matin, jour de congé, elle me réveille pour me dire que nous partons tous les deux à l'aventure. Bien sûr, je lui ai répondu en bâillant :

—Justine, c'est ton projet. Pas le mien.

Mais ma sœur a toujours réponse à tout. Son livre en main, elle m'a lu la première règle de sécurité : « Ne jamais partir seul en expédition. » Puis elle a ajouté :

– Léonard, j'ai besoin de toi. Il y a trop de matériel et je ne peux pas tout transporter seule. S'il te plaît, Léonard… Tu deviendras célèbre !

Tu sais, Blanchon, le mot « célèbre » est pour moi une sorte de mot-hameçon car j'aimerais bien devenir populaire. Avant, je rêvais d'être un champion de hockey, mais je ne sais pas trop patiner. C'est dommage parce que si j'étais un super-héros, madame Marjorie serait contente que je sois dans sa classe. Ça ne la dérangerait plus de répéter plusieurs fois la même consigne. Je ne serais plus jamais le vilain petit garçon toujours dans la lune…

Alors tu as deviné que j'ai dit « oui » à Justine. Heureusement que j'étais là ! C'est moi qui transportais le gros sac à dos et laisse-moi te dire qu'il était lourd ! Marcher dans un champ de maïs est très fatigant. Les feuilles nous égratignent le visage. Il faut lever les bras très haut pour se pro-téger. Je ne voyais presque pas où je posais les pieds. En plus, ma sœur ne savait pas trop où nous allions, mais elle était très pressée d'y arri-ver. Justine avançait tellement vite dans cette étrange forêt de maïs qu'on aurait dit qu'elle rapetissait. J'avais peur qu'elle disparaisse sous mes yeux. D'habitude, c'est moi qui marche le plus vite. Mon père dit tout le temps que je suis un véritable explorateur.

De l'autre côté du champ, il y a une rivière qui se cache derrière une rangée d'arbres géants. Justine a traversé des buissons. Nous avons marché sous les grands arbres. J'entendais la rivière en bas de la falaise. Un tapis d'aiguilles de conifères recouvrait le sol. Tout était si mystérieux. Même le silence. J'adorais

l'éclairage de ce sous-bois. J'aurais aimé rester là et dessiner dans mon carnet de croquis ces arbres majestueux, mais je ne pouvais pas. Justine a enfin repéré le ruisseau qui descend jusqu'à la rivière. Il y a un sentier juste à côté mais il faut faire très attention car la roche est friable. Elle se casse facilement. C'est en arrivant près de la rivière que j'ai remarqué une sculpture sur le sol. Une fleur. Une fleur de pierre. Je me suis arrêté et j'ai demandé à Justine :

—Raconte-moi encore l'histoire des fossiles…

—Léonard, je te l'ai déjà dit. Les fossiles se trouvent dans une sorte de roche qu'on appelle sédimentaire parce qu'elle s'est formée grâce à des sédiments. Ce sont des particules encore plus petites que des grains de sable qui se sont déposées dans le fond de la mer pendant des millions d'années.

—Justine, tu m'avais dit que les fossiles sont des petites bêtes, des coquillages… Est-ce que ça peut aussi être une fleur ?

—Je ne sais pas. De toute façon, nous cherchons des os de dinosaure.

Justine était déjà repartie. Moi, j'ai sorti l'appareil photo du gros sac à dos. Je trouvais cette sculpture de fleur vraiment jolie.

Finalement, ce n'était pas le bon endroit. Nous avons creusé des dizaines de trous sans rien trouver qui puisse ressembler à des os de dinosaure. Nous voilà donc de retour à la maison. Justine est très déçue. Elle est dans sa chambre. Moi, je me demande qui peut bien avoir sculpté cette jolie fleur de pierre ? Tu as une idée, toi ?

Chapitre 4
De la visite

Salut Blanchon !

Tu ne devineras jamais ce qui m'arrive ! Monsieur LeDuc est à la maison. Tu te souviens ? Le directeur du petit musée… L'ami de mon père.

L'autre jour, monsieur LeDuc voulait me proposer d'acheter mon dessin pour en faire une affiche, une très grande affiche. Si j'avais su, je ne serais pas resté caché avec toi dans la chambre de Justine ! Tu te rends compte. Je vais devenir célèbre pour de vrai ! Maman est si contente qu'elle a invité monsieur LeDuc et sa famille à rester pour le repas. Nous mangeons de la pizza !

J'aime les soirs de fête. On dirait alors que notre maison s'illumine comme un sapin de Noël.

• • •

Salut Blanchon !

Je n'ai pas le droit de t'écrire. Il est tard. C'est la nuit. La famille de monsieur LeDuc vient tout juste de partir. Je devrais dormir, mais je suis trop content. J'avais vraiment hâte de te dire que j'ai un nouvel ami. Il s'appelle Nicolas. Je ne savais pas que monsieur LeDuc avait trois enfants.

Nicolas a deux grandes sœurs et il adore les espionner. Nous avons passé la soirée à ramper partout dans la maison et à nous cacher. C'était vraiment amusant. Nicolas est un super espion et un super ami aussi. Il n'aime pas tellement dessiner, mais il adore les dinosaures. Et je dois dire que moi, j'adore les aventures d'espionnage.

Bonne nuit, mon Blanchon !

• • •

Bonjour Blanchon !

Ce matin, nous avons de la visite. Deux paléontologues ! Ils étudient l'histoire de la Terre. Je ne savais pas qu'il y avait des gens qui faisaient cela. Des grands en plus !

35

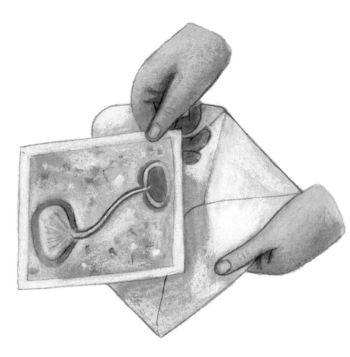

Tu te souviens de la jolie fleur de pierre… J'avais fait parvenir la photographie à mon vieux grand-père parce qu'il connaît presque tout. Mais ce petit coquin m'a joué un tour. Il a envoyé l'image dans une université qui a une grande collection de fossiles. C'est pour ça que ces deux messieurs sont ici. Pour voir la fleur de pierre. Ils étaient très curieux d'entendre notre récit. J'ai menti un peu en disant que c'est Justine qui l'a découverte et que moi je l'ai photographiée. Si tu avais vu toutes les étoiles qui brillaient dans les yeux de ma grande sœur… Une constellation de joie.

Justine nous a tous guidés à travers le champ de maïs. Nous avons suivi le même itinéraire que la première fois. Même grand-père était là. Papa et maman étaient impatients de voir cette merveille. Une fleur de pierre datant de plusieurs millions d'années. Tu imagines ! Les paléontologues nous ont dit que les crinoïdes ne sont pas des fleurs malgré leur nom « lis de mer ». Ce sont des animaux, mais ils n'ont pas de pattes. Ils ont une tige qui les fixe au fond marin. Leurs longs bras filtrent l'eau de la mer.

Tu sais, Blanchon, les paléontologues connaissent bien la vie des dinosaures. J'ai plein de nouvelles informations pour ma recherche. Je sais maintenant que Justine ne découvrira pas d'os de dinosaure près de notre maison. Tu sais pourquoi? Parce que ici, autrefois, c'était le fond de la mer. Les dinosaures ont marché sur une terre plus haute que les montagnes. C'est comme si les dinosaures marchaient sur les nuages! Les deux messieurs nous ont permis de creuser dans la pierre à l'aide d'un petit marteau. J'ai découvert d'autres tiges de crinoïde. Il y en avait partout. Grand-père était aussi fasciné que moi. Nous allons collectionner les fossiles ensemble.

J'adore cette journée. Je me sens comme un grand aventurier, grâce à toi et à ce journal!

Chapitre 5
À l'école

Salut Blanchon !

J'ai déjà terminé mon devoir du soir. Pour une fois, c'était facile. Je devais illustrer un passage de mon histoire préférée. Un cygne. À l'école, tout le monde pense que je n'aime pas lire, mais c'est faux. J'aime suivre une histoire comme une aventure. Découvrir des endroits nouveaux, des personnages si vrais qu'ils deviennent mes amis. J'adore être surpris. Mais je déteste lire comme on escalade une paroi rocheuse ; avec la crainte de manquer une syllabe ou un mot. Je n'aime pas tomber dans les moqueries des autres. Je préfère lire tout seul.

Mon histoire préférée est celle d'un petit canard qui me ressemble beaucoup. Le petit canard savait bien dans sa tête qu'il n'était pas comme les autres, mais dans son cœur il voulait tellement être le plus beau, le plus rapide, le meilleur. Il voulait être pour toujours le trésor d'amour de sa maman. Il ne comprenait pas pourquoi c'était si terrible d'être différent. Il ne savait pas comment se transformer en héros. Mais un jour, sans rien faire d'extraordinaire, il a trouvé des gens comme lui et il a eu beaucoup d'amis.

Est-ce que tu penses que madame Marjorie visite parfois les petits musées ?

J'aimerais tellement qu'elle voie mon affiche…

● ● ●

Salut Blanchon !

J'arrive de l'école et je dois dire que c'était une super journée. Ce matin, j'étais très nerveux parce que je devais présenter ma recherche sur les dinosaures devant toute la classe. J'avais mal au ventre et je ne me sentais pas bien du tout. En plus, j'avais peur que ma mère oublie d'apporter mon portfolio. Il est beaucoup trop grand et je ne voulais pas l'abîmer dans l'autobus. Elle a dit qu'elle passerait à l'heure de la récréation pour me le donner. Je lui ai bien répété mille fois que c'était très important, mais je craignais qu'elle ne m'oublie. Je l'attendais, assis près de la clôture, lorsque j'ai entendu un bruit que je ne connaissais pas. On aurait dit le cri d'un dinosaure. Je me suis levé d'un bond. J'ai contourné le module de

jeux et j'ai découvert… une montre ! Une super montre d'espion. Je l'ai enfilée autour de mon poignet. Une drôle de joie palpitait en moi. Je n'ai pas deviné pourquoi. J'ai suivi les traces de pas imprimées dans le sable. J'ai rampé sous le toboggan. J'ai escaladé la tour. Et devine qui se cachait là ? Mon ami Nicolas ! On a bien ri dix minutes en se poursuivant comme des dinosaures affamés. Puis, la cloche a sonné pour annoncer le début des classes. Nicolas est plus jeune que moi et je ne savais même pas que nous étions dans la même école. J'étais tellement content que pendant un instant j'ai oublié que ma mère m'attendait près de la clôture pour me remettre mon grand portfolio. C'est Nicolas qui m'a dit :

– Léonard, ce ne serait pas ta mère qui nous fait de grands signes, là-bas ?

Nicolas est un super ami. Est-ce que je te l'ai déjà dit ? Sans lui, je n'aurais pas réussi à avoir la meilleure note de toute la classe pour ma présentation. J'étais debout, tout seul devant les autres. Madame Marjorie m'observait attentivement. Je sentais qu'elle s'ennuyait. J'étais comme paralysé. Pourtant je connaissais tout sur les dinosaures. J'avais plein de choses à dire, mais je restais muet. Comme toujours. Madame Marjorie a soupiré. J'ai baissé la tête et j'ai vu la montre de Nicolas. Elle était toujours là, autour de mon poignet. J'ai pris une grande inspiration. Cela a fait disparaître tous les élèves de ma classe et madame Marjorie aussi. Je ne pensais qu'à mon ami Nicolas. Je l'imaginais, là, devant moi. Je lui ai raconté tout ce que je sais sur les dinosaures. Je voyais du soleil dans ses yeux. J'ai ouvert mon grand portfolio et je lui ai montré les peintures que j'avais préparées. Quatre magnifiques

dinosaures s'alignaient sur le bord
du tableau. Tout à coup, il a dit :

– Léonard ! C'est réellement toi qui
as fait tout cela ? C'est extraordinaire !

Alors tu sais quoi, Blanchon… ce
n'était pas la voix de mon ami
Nicolas. C'était la voix de madame
Marjorie. Elle n'était plus au fond
de la classe. Elle était à côté de moi.

Elle me fixait droit dans les yeux.
Jamais elle ne m'avait regardé ainsi.
Elle a écrit un grand A majuscule à
côté de mon nom.

C'est la plus belle journée de ma
vie. J'ai réussi. Personne ne s'est mo-
qué de moi. Tout le monde m'a ap-
plaudi. Je suis le héros de madame
Marjorie !

Plus tard, à la récréation, Nicolas m'attendait en haut de la tour. Je lui ai rendu sa super montre d'espion. Je lui ai dit qu'elle était un peu magique, mais il ne m'a pas cru. Nous avons mis au point un plan ultrasecret. Un super plan d'espionnage. Je ne suis pas certain que ça va plaire à Justine, mais ce sera très drôle. Peut-être que l'école, c'est amusant après tout !

Chapitre 6

Moi, mon héros

Salut, mon Blanchon !

Tu entends tout ce bruit ! C'est la fête aujourd'hui. C'est l'anniversaire de ma maman. La maison est remplie d'invités. C'est pour cela que je t'écris dehors, assis dans le pommier. C'est la fin de l'automne. Les feuilles tombent. Mais hier, on aurait pu croire que c'était l'hiver. Je voulais faire une jolie carte pour l'anniversaire de ma mère. Le plus beau dessin du monde. Mais mes croquis

étaient tous ratés alors j'en faisais des boules de papier. Comme lorsqu'on prépare une bataille de neige. C'est alors que la voix de ma mère m'a fait sursauter. Elle m'a dit :

–Léonard, qu'est-ce qui se passe ?

Elle s'est assise près de ma table de travail. Maman a déplié toutes les boules de papier en murmurant :

—Je les trouve très beaux, ces dessins. Pourquoi les as-tu chiffonnés
ainsi ?

J'étais gêné, mais je lui ai avoué :
—Je voulais qu'ils soient encore
plus beaux. Je voulais t'en offrir un
en cadeau.

Ma mère m'a regardé dans les
yeux. J'ai frissonné.

—Mais Léonard, j'aime tous les dessins que tu fais. Tu le sais. Je les aime parce que c'est toi qui les fais. Toi, mon plus grand trésor d'amour.

J'ai baissé la tête et je lui ai enfin dit :

—Maman, je ne suis pas un trésor. Je suis juste un garçon ordinaire. Je ne suis pas très bon en lecture et c'est vrai que parfois je suis dans la lune. Je n'arrive pas à être aussi bon que Justine…

Il y avait des flocons de neige dans la voix de ma mère. Elle m'a répondu :

—Mais Léonard, qu'est-ce que tu imagines ? Tu ne peux pas être toujours le meilleur. Et heureusement ! C'est pour cette raison que tout le monde est important, parce que

54

nous avons tous des talents différents. Justine est très bonne à l'école. C'est vrai. Mais je ne connais personne qui soit aussi bon que toi pour voir ce qui est beau autour de nous. Tes dessins nous le montrent si bien…

Ma mère m'a fait tout un câlin. Les immenses glaciers de ma planète oubliée ont fondu d'un seul coup. C'est pour ça qu'il y avait des petites larmes dans le coin de mes yeux. Ce n'était pas parce que j'étais triste. C'était parce qu'il faisait chaud sous les tropiques !

Tu sais, mon Blanchon, j'avais oublié que mes parents ont confiance en moi. Ils pensent que je suis capable d'apprendre tout ce que je veux.

Moi, j'ai compris maintenant que l'école est une sorte de musée. Un petit musée du savoir. C'est monsieur LeDuc qui me l'a dit. On peut passer toute une journée dans un musée sans rien voir, sans rien apprendre. C'est à chacun de choisir d'ouvrir grands les yeux.

Avec mon ami Nicolas, je m'amuse à espionner les gens qui vivent sur la planète Terre. Nous faisons plein de recherches pour trouver des réponses à nos questions. Madame Marjorie fait maintenant partie de

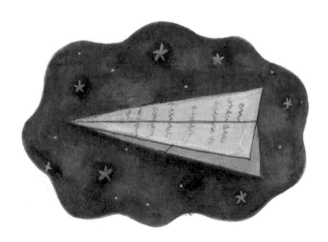

notre mission ultrasecrète. Elle corrige les fautes d'orthographe de nos messages intergalactiques.

Tu sais, Blanchon, tout cela, c'est un peu grâce à toi. Eh oui ! C'est entre tes pages blanches que j'ai appris à inventer mon histoire. L'histoire de Léonard. Je suis le héros de cette histoire-là. Je ne le savais même pas.

Remerciements

J'aimerais grandement remercier M. François Quintal, ainsi que tous les paléontologues amateurs qui ont partagé avec ma famille ce moment fébrile où l'on découvre le bout d'un fossile. Grâce à vous, par une belle journée d'automne, j'ai vu pour la première fois des dinosaures marcher sur les nuages !

Si tu souhaites vivre une telle aventure, communique avec la Société de Paléontologie du Québec. Elle organise de belles sorties pour toi et ta famille. Tu trouveras l'adresse de son site Internet en visitant :
www.dominiqueetcompagnie.com

Nancy Montour

Dans ce roman, Nancy Montour raconte l'histoire d'un petit garçon qui se sent perdu sur une autre planète depuis qu'il va à l'école. Nancy connaît plusieurs enfants qui éprouvent ce sentiment. Des enfants qui sont trop lents, trop rêveurs, trop… tout ce qu'il ne faut pas. Ce roman leur redit tendrement que la confiance en soi est le plus beau des trésors.

Visite notre site Internet pour en savoir plus sur nos auteurs, nos illustrateurs et nos collections :
www.dominiqueetcompagnie.com

Avec *Entre la lune et le soleil,* son premier roman, Nancy Montour a gagné le prix Henriette-Major, décerné chaque année à un nouvel auteur de littérature jeunesse par les éditions Dominique et compagnie. Cet ouvrage a également remporté le prix Cécile-Gagnon 2003.

Depuis, Nancy Montour a aussi publié dans la collection Roman rouge *Le cœur au vent,* finaliste au Prix du Gouverneur général 2004, *Lorina et le secret d'amour* et *L'arbre à chats.*

Dans la collection Roman lime

Dans la collection Roman vert

Achevé d'imprimer en janvier 2006
sur les presses de Imprimerie L'Empreinte inc.
à Saint-Laurent (Québec) - 64616